LA

PAIX UNIVERSELLE

IDÉE NAPOLÉONIENNE

DEVANT L'HISTOIRE

Securitas publica!
Leibnitz, écrit de 1670.

Il n'y a que la volonté qui manque aux hommes pour se délivrer d'une infinité de maux... Pour faire cesser les guerres, il faudrait qu'un autre Henri IV, avec quelques grands princes de son temps, goûtât votre projet.
Leibnitz, à l'abbé de Saint-Pierre, 1715.

Tu veux la paix : et bien! c'est la faiblesse qui appelle la guerre ; une *résistance générale* serait *la paix universelle.*
Mirabeau, Assemblée nationale, 10 février 1791.

Il y a une politique qui offre franchement l'alliance de la France à tous les gouvernements qui veulent marcher avec et dans des intérêts communs.....
Avec cette politique, pas de paix sans honneur, pas de guerre universelle.
L. Napoléon, *Idées napoléoniennes,* 1839.

Établir une *paix européenne solide.*
Le même. *Ibid.*

Je suis enfant de la paix, et tandis que je parle de paix, ils ne pensent qu'à la guerre.
Ps. cxix, v. 7.

PARIS

J. CHERBULIEZ		E. DENTU
10, rue de la Monnaie.		Palais-Royal, Galerie d'Orléans, 13.

LA

PAIX UNIVERSELLE

IDÉE NAPOLÉONIENNE

DEVANT L'HISTOIRE.

On a dit avec raison que la proposition d'un Congrès, faite sous forme de harangue adressée à l'Europe, dans un discours prononcé par un Souverain à l'ouverture d'une session législative, à l'effet de résoudre pacifiquement les questions pendantes et d'assurer aux peuples l'inestimable bienfait d'une paix universelle et perpétuelle, — on a dit avec raison que cette proposition, — quoiqu'on en pensât et quoiqu'il en pût advenir — était un des événements les plus considérables et les plus curieux de notre époque [1].

Le même écrivain, que nous citons à dessein, ajoutait : « Nous n'éprouvons pour ces théories, jusqu'ici cruellement démenties par l'expérience, ni éloignement, ni dédain, et nous sommes plutôt touché d'en trouver l'expression sincère sur la

---

[1] Prevost-Paradol. Chronique de la *Revue germanique*, déc. 1863.

bouche d'un chef absolu d'une armée de six cent mille hommes. Bien plus, nous serions heureux de les voir appliquées, et si l'Europe voulait, en effet, entrer dans ce grand conseil avec la volonté d'y résoudre pacifiquement toutes les questions qui l'agitent, si un tel Congrès avait lieu et qu'il en sortît autre chose qu'une terrible guerre, nous saluerions cet événement inattendu comme l'annonce du changement le plus considérable et de la révolution la plus complète qui puissent s'opérer dans l'état de l'espèce humaine. »

Il reconnaissait que le public tout en « ne se leurrant guère de l'espérance de voir s'effectuer cette réunion de souverains appelés à fonder une paix définitive, » *avait cependant accueilli avec sympathie la pensée généreuse de ce congrès.*

Nous avons pris acte de ces équitables et judicieuses appréciations, que n'affaiblissent ni les réserves dont elles étaient accompagnées, ni les faits accomplis postérieurement. Tant pis pour ceux qui n'ont pas répondu à une noble initiative!

Faisons notre devoir et laissons faire aux Dieux!

Les faits accomplis! Eh quoi! ne sont-ils pas bien plutôt de nature à donner d'amers regrets, quand on voit l'indignité des exploits militaires auxquels se livrent les trois grandes puissances continentales du nord de l'Europe, qui guerroient en ce moment contre les faibles, afin de les mettre, comme elles disent, *à la raison!*

Væ victoribus! car les vainqueurs, dans une pareille lutte, seront les vaincus.

Quoi qu'on fasse désormais (c'est l'empereur Napoléon Ier qui l'a dit), « *le nouveau système n'est point assis, mais l'ancien est à bout.* »

C'est lui aussi qui a dit : « Tant qu'on se battra en Europe, cela sera une guerre civile [1]. »

C'est lui enfin qui a placé en tête de l'Acte additionnel ces mémorables paroles : « J'avais pour but d'organiser un grand *système fédératif européen,* que j'avais adopté comme conforme à l'esprit du siècle et favorable aux progrès de la civilisation... »

Donc, l'idée d'une *paix européenne solide* (il faut entendre ainsi, au point de vue actuel et pratique, la paix universelle et perpétuelle des théoriciens) était devenue il y a déjà soixante ans une *idée napoléonienne,* c'est-à-dire une idée destinée à germer, à grandir, à prévaloir.

Elle a éclaté le jour où l'empereur Napoléon III en a fait l'objet d'une solennelle déclaration de principes et d'une loyale proposition de souverain à souverains; le jour où il s'est souvenu de cette autre parole de son oncle et du commentaire qu'en avait donné le neveu : « La Sainte-Alliance est une » idée qu'on m'a volée, » c'est-à-dire la sainte alliance des peuples *par* les rois, et non celle des rois *contre* les peuples [2].»

Quand une idée est devenue napoléonienne, elle a fait un

---

[1] *Idées napoléoniennes.* Il est remarquable que Voltaire avait en ces termes mêmes (Toute guerre européenne est une guerre civile) résumé l'ouvrage de l'abbé de Saint-Pierre sur la paix perpétuelle.

[2] *Idées napoléoniennes* (1839), chap. v. But où tendait l'Empereur. Association européenne. Liberté en France.

grand pas. Combien n'en avons-nous pas vu déjà prévaloir envers et contre tous!

Quand une idée napoléonienne s'est une fois affirmée, elle peut attendre; mais, on le sait, elle ne quitte plus le terrain, elle ne désempare pas.

L'idée d'une *paix européenne solide* en est là. Le mauvais vouloir et l'égoïste intérêt de quelques-uns peuvent lui faire souffrir un ajournement, au grand dommage de tous. Mais ce n'est qu'un ajournement. Tôt ou tard il faut bien qu'on y revienne. L'Europe est en demeure, la civilisation est en demeure. Tout ce qui se passe en attendant, — ces iniquités, grandes et petites, qui s'accomplissent par le droit du plus fort, — tout ne donne-t-il pas hautement raison à la raison supérieure qui a demandé que l'on se réunît pour proclamer le droit du plus juste et lui prêter main-forte?

Comment et quand ce but final sera-t-il atteint? Nous ne saurions le dire, mais il le sera à coup sûr, et ce ne sera pas le moindre des miracles de ce siècle « si fertile en miracles, » où l'imprévu règne, domine, fait la loi; — ce ne sera pas le moindre des mécomptes de la vieille diplomatie, de celle qui croit à peine au mouvement, et qui, malgré les leçons de l'expérience, prétend régler toujours l'avenir sur le passé [1].

Il n'a donc pas paru sans intérêt de mettre sous les yeux des lecteurs un résumé substantiel de la marche de cette idée de la paix perpétuelle dans les siècles antérieurs, et des progrès

---

[1] Voir, dans le dernier ouvrage de M. Edmond About, *le Progrès*, le curieux chapitre intitulé : *la Politique et la Guerre*.

qu'elle a faits jusqu'au jour où, mûrie par la spéculation, elle est entrée bon gré mal gré dans le domaine des propositions politiques et s'est fait ouvrir le protocole.

D'autant que ce résumé n'a pas été fait, on le verra bien, pour les besoins de la cause, et que, préparé en dehors des données occasionnelles, il a traité sans parti pris la question générale.

On aurait voulu pouvoir donner ici au sujet quelques développements qui ont manqué ailleurs [1]. Au moins a-t-on cru devoir profiter de la circonstance pour mettre en relief l'opinion émise sur cette idée de la paix universelle par deux des génies les plus éminents et les plus pénétrants dont s'honorent les sciences philosophiques et politiques, Leibnitz et Kant [2].

En 1672, Leibnitz proposait à Louis XIV son *Consilium Ægyptiacum*, c'est-à-dire un projet d'expédition d'Égypte que réalisa, à la fin du siècle suivant, et sans même avoir connu son mémoire, le jeune général Bonaparte [3].

---

[1] Ce travail a été fait pour le *Dictionnaire général de la Politique*, publié par M. Maurice Block, chez O. Lorenz, 2 vol. gr. in-8 qui seront achevés au mois d'août prochain.

[2] Voir dans le *Journal des Savants* de mars 1864, un article de M. Mignet, où parlant de l'ouvrage de Leibnitz, *Securitas publica interna et externa, et Status præscns*, publié en 1670, il dit : « Cet écrit est extrêmement remarquable, et Leibnitz y déploie un juge- » ment et une capacité politiques qui étonnent. »

[3] « Cent vingt-six ans plus tard, ajoute plus loin M. Mignet, cette expédition séduisit un homme qui concevait avec une vaste imagination, agissait avec une habileté incomparable, que possédait au plus haut point l'amour des choses extraordinaires, et qu'un génie particulier rendait capable de les accomplir. *Sans connaître* les plans, les moyens, le but de l'ancienne entreprise rejetée au xviie siècle, le général Bonaparte, à la fin du xviiie, fit cette grande expédition avec *le même nombre d'hommes* qu'avait fixé le philosophe Leibnitz, en suivant *la même route* qu'il avait tracée, en débarquant à l'un des points qu'il avait désignés, en frappant le coup décisif dans les lieux qu'il avait en quelque sorte marqués

En 1715, le même Leibnitz, appelé à se prononcer sur le projet de paix perpétuelle du célèbre abbé de Saint-Pierre; s'exprimait en ces termes : « Il n'y a que la volonté qui manque » aux hommes pour se délivrer d'une infinité de maux... Pour » faire cesser les guerres, il faudrait qu'un autre Henri IV, » avec quelques grands princes de son temps, goûtât ce pro- » jet. »

Lui aussi connaissait les objections, mais il ne désespérait ni des hommes ni des choses. — Et il y a cent cinquante ans de cela!

Pour ce qui est de Kant, qu'on lise seulement ce qu'il écrivait en 1795.

Qui donc oserait aujourd'hui dire, d'une chose bien évidemment reconnue bonne, utile, grande, qu'elle est impossible et irréalisable?

comme le champ de bataille où se remporterait la victoire et s'acquerrait l'Égypte, et il aurait cherché à donner à sa conquête la solidité et l'extension que Leibnitz proposait avec autant de confiance que de hardiesse, si l'ambition et la destinée ne l'avaient rappelé en Europe où l'attendaient de plus vastes projets et un plus grand rôle. »

L'IDÉE DE LA PAIX PERPÉTUELLE

DEVANT L'HISTOIRE.

Quand une idée a déjà son histoire, n'est-ce pas sur cette histoire qu'il convient de l'apprécier et de la juger, et non sur les lieux communs qu'on a pu débiter pour ou contre?

L'idée d'organiser une *paix perpétuelle* n'est point seulement, comme on l'a souvent répété, et comme on le croit en général, l'un des « rêves d'un homme de bien; » c'est encore le rêve de beaucoup d'autres gens de bien, avant et depuis le bon abbé de Saint-Pierre. Un rapide exposé historique fera connaître les diverses phases de la question et les chances qu'elle peut avoir dans l'avenir.

Rien de plus banal et de moins nouveau que les dithyrambes en faveur de la paix, si ce n'est peut-être les imprécations contre la guerre. Aux yeux des anciens, celle-ci a toujours été un fléau intermittent et inévitable, un de ces jeux cruels qui ne plaisent qu'aux princes; et la paix, une simple trève, toujours précaire. Ils n'ont jamais pris au sérieux la possibilité d'une ère pacifique permanente, si même ils y ont songé. Philosophes païens et chrétiens, tous se sont accordés à proclamer la guerre une iniquité, une insigne folie; mais l'absence de toute guerre leur semblait en même temps espérance vaine, pure hypothèse. L'opinion commune, à ce sujet, est celle qu'a exprimée La Bruyère, dans son célèbre tableau d'une bataille, et la

2

conclusion des plus sages et des plus hardis se réduit à cette pensée de Pascal : « Quant il est question de juger si on doit faire la guerre et tuer tant d'hommes, c'est un homme seul qui en juge, et encore intéressé : ce devrait être un tiers indifférent. » Il était réservé à J. de Maistre et à son école d'ériger la guerre en nécessité sociale, en loi de la nature, en dogme religieux, presque en bienfait divin.

Naguère encore on croyait que l'idée particulière d'un système de paix perpétuelle datait seulement de la fin du xvıᵉ siècle, du règne de Henri IV ; car la *Trève de Dieu* de l'époque des Croisades n'est pas considérée comme un des précédents de la question. Il a été constaté tout récemment qu'au xvᵉ siècle, en 1464, Georges Podiébrad, roi de Hongrie, en lutte avec l'empereur Frédéric III et le pape Pie II, avait, sous l'inspiration de son conseiller le Grenoblois Ant. de Marini, formé le projet « d'émanciper les peuples et les rois par l'organisation d'une nouvelle Europe. » Il aurait voulu essayer de coaliser régulièrement les États secondaires sur lesquelles pesait la tutelle des deux grandes puissances du moyen âge, et de pondérer ainsi les forces de manière à prévenir l'oppression et les conflits. Un ambassadeur fut envoyé vers Louis XI, pour proposer au roi très-chrétien de convoquer dans ce but un parlement de rois et de princes. Louis XI se montra personnellement favorable, mais ses ministres paraissent avoir « jeté les hauts cris » à l'idée d'une ligue contre la papauté et la théocratie. On ne repoussa pas précisément, mais on ne conclut rien, et cette tentative, née pourtant des besoins de la politique du temps, n'aboutit à aucun résultat [1].

Ce n'est qu'à la renaissance des lettres que l'on commença à goûter véritablement et à prêcher la paix ; Érasme est pacifique, Montaigne l'est aussi ; Grangousier, dans Rabelais, l'est également, mais après avoir au préalable beaucoup « massacré et tué. »

Un siècle et demi environ après Podiébrad, une pensée analogue à celle que ce roi avait communiquée à Louis XI, germa dans l'imagination de Sully, en même temps que surgit, dans l'esprit de Henri IV (vers 1595), le grand dessein d'une « république chrétienne [2]. » Pour

---

[1] Voir dans la *Revue des Deux-Mondes* du 15 août 1862, art. de M. Saint-René-Taillandier.

[2] Le mot se trouve, entre autres, dans une lettre écrite en avril 1602, par Henri IV, à la reine Élisabeth, qui aurait même conçu la première cette idée, d'après une autre lettre adressée *à celle qui mérite un los immortel*, et où le projet est appelé « la plus excellente et rare entreprise que créature sçut avoir préméditée en sa pensée, chose plus céleste qu'humaine,

le roi, il s'agissait, après avoir épuisé l'Espagne, de consommer l'abaissement de la maison d'Autriche, et d'asseoir l'équilibre de la chrétienté sur la liberté des consciences et le respect des nationalités : c'était la pacification et la réorganisation de l'Europe par une dernière guerre faisant succéder le règne du droit à celui de la force [1]. Mais le ministre, en élaborant ce « grand dessein » pratique de son maître, y introduisit une sorte de conseil amphictyonique destiné à perpétuer la paix universelle, ce qui en a fait une théorie et une chimère aux yeux sévères des politiques [2].

En 1623, fut publié à Paris un livre intitulé *le nouveau Cynée*, ou *Discours des occasions et moyens d'establir une paix générale et la liberté du Commerce par tout le monde*, dont l'auteur, *Em. Cr. P.* (Émeric La Croix, Parisien), proposait la création d'une diète internationale permanente, siégeant à Venise, par exemple, où les peuples auraient leurs représentants, chargés de connaître des différends qui s'élèveraient et de les terminer.

La secte des quakers, fondée par Fox, en 1647, était, à vrai dire, l'idée même de la paix érigée en doctrine vivante, personnifiée dans chacun des membres d'une « Société d'amis » et de frères : ils prétendaient rendre la guerre impossible, en renonçant même à se défendre eux-mêmes en cas d'attaque.

Au plus fort des triomphes de Louis XIV, on parlait déjà de systèmes de concorde et de paix, déjà même on s'en moquait, témoin l'épître de Boileau *au Roi, contre les conquêtes*, qui est de 1669, et cette phrase du maître de musique du *Bourgeois gentilhomme* (représenté en 1670) : « Et si tous les hommes apprenaient la musique, ne serait-ce pas le moyen de s'accorder ensemble, et de voir dans le monde la paix universelle ? » Mot qui devait nécessairement plaire à

---

dont on ne devoit attendre que des issues remarquables d'honneur et de gloire ! » Cette lettre est citée par l'historien Gaillard (*Rivalité de la France et de l'Angleterre*, t. X, p. 106 et 119). Elle était conservée à la bibliothèque du roi ; on ne la trouve pas dans le *Recueil* de M. B. de Xivrey.

[1] Après la mort d'Élisabeth, Henri IV se concerta avec Jacques Ier, et il faisait de grands préparatifs pour l'exécution de ce grand dessein, lorsque la mort vint le frapper en 1610. (Voir les ouvrages de MM. Duruy, Poirson et Wolowski.)

[2] C'est surtout Péréfixe, l'abbé de Saint-Pierre et le traître arrangeur des *Mémoires* de Sully, qui ont induit en erreur, à ce sujet. L'abbé de Saint-Pierre a aussi attribué le même projet au duc de Bourgogne.

M. Jourdain et à Jacques Bonhomme, lesquels payaient alors, comme toujours, les violons.

Cela n'empêcha que l'on ne fit paraître, moins de quatre ans après, en 1676, un curieux *Mémoire pour servir à l'histoire du temps* (Cologne, in-18 de 103 pages), qui n'a jamais été signalé et qui, avec les « moyens d'assurer la paix générale, » contient la proposition formelle « d'établir une médiation pour pourvoir à tout ce qui pourra désormais travailler la chrétienté, un conseil en quelque lieu, du commun consentement de tous les princes chrétiens, où l'on peut traiter et demêler à l'avenir tous les différends qui pourraient naître entre eux. » L'auteur, qui ne se nomme pas, se désigne seulement comme étant « une personne désintéressée et affectionnée au bien public, » et il prouve qu'il est, en effet, très-versé dans les matières politiques du temps.

William Penn fit paraître, à Londres, en 1693, un *Essai sur la paix présente et future de l'Europe, par l'établissement d'une Diète, d'un Parlement ou d'États européens*, essai dans lequel il déclare que les guerres sont des duels de souverains à souverains, auxquels il dépendrait de l'Europe de mettre empêchement, ainsi que le montrent l'exemple qu'il invoque du projet de Henri IV, et *l'Histoire des Provinces-Unies* de sir W. Temple. « C'est donc, conclut-il, une chose utile une chose faisable, une chose nécessaire. » Mais le torrent suit son cours ; les guerres de Louis XIV continuent à mettre l'Europe à feu et à sang, et font craindre, — au lieu de la paix, — la monarchie universelle [1].

Vingt ans plus tard, l'abbé de Polignac, appelé à représenter la France au congrès d'Utrecht, y emmène avec lui l'abbé de Saint-Pierre ; celui-ci, témoin des difficultés qu'éprouve le règlement des conditions de la paix, puise dans ce spectacle même les inspirations qui devaient lui faire reprendre, pour son compte, et pour ainsi dire, incarner en lui désormais ce projet tant loué ou tourné en dérision. « Vous n'avez oublié, dit à son auteur le malin évêque de Fréjus, depuis cardinal de Fleury, qu'un article essentiel, c'est pour envoyer des missionnaires qui touchent le cœur des princes et les convertissent

---

[1] *Traité de la Monarchie universelle, pour répondre aux Espagnols qui prétendent que le roi y aspire.* Cologne, P. Marteau, 1671, in-12.

La Monarchie universelle de Louis XIV. Trad. de l'ital. de Gr. Leti. Amsterdam, 1689, 2 vol. in-12 (réimpr. 1701). Une réponse parut en 1690.

à vos vues. » L'abbé de Saint-Pierre publia d'abord un volume sous ce titre : *Mémoires pour rendre la paix perpétuelle à l'Europe* (1712, Cologne, in-12); puis un autre, intitulé : *Projet pour perpétuer la paix et le commerce en Europe, augmenté des conférences tenues à Utrecht, des nouveaux intérêts des princes ensemble, des différends qui pourraient naître entre eux, des avantages qu'ils trouveraient à exécuter ce dessein, et des réponses aux objections* (1713, Utrecht, in-12). Il en fit paraître un remaniement en 1717 (Utrecht, in-12), intitulé : *Projet de traité pour la paix perpétuelle entre les souverains chrétiens, etc.*, *proposé autrefois par Henri le Grand* ; puis, un Abrégé, en 1727 (Rotterdam); et, infatigable dans ses efforts, donna encore, en 1736, des *Observations sur les dernières paix*, où il reproduisait l'idée de la Diète européenne, sous forme d'articles réglant les voies et moyens propres à constituer cette diète, et à rendre ses décisions exécutoires [1].

La paix de l'Europe ne peut s'établir qu'à la suite d'une longue trève, ou Projet de pacification générale combiné par une suspension d'armes de vingt ans entre toutes les puissances politiques, par le chevalier G. (Ange Goudar), Amsterdam, in-12, parut en 1757, et reparut en 1761 sous le même titre, reprenant de nouveau l'idée de l'abbé de Saint-Pierre, dont J.-J. Rousseau fit, à son tour, une éloquente analyse, publiée cette même année 1761.

Belle occasion pour Voltaire de dire son mot d'oracle sur la question. En 1737, il l'avait déjà appelé « un projet hardi, mais sujet à d'extrêmes difficultés. » En 1761, il envoie à Cideville, son plaisant *Rescrit de l'Empereur de la Chine, à l'occasion de la paix perpétuelle que Jean-Jacques va procurer*. « Amusez-vous, lui dit-il, de cela, en attendant la diète européenne. » En 1769, il empruntera la plume du *docteur Goodheart* pour publier une brochure dont la conclusion est dans les deux premières lignes : « La seule paix perpétuelle qui puisse être établie entre les hommes est la tolérance. » Enfin, en 1773, il terminera sa pièce sur la *Tactique,* en formant le souhait de voir un jour « régner sur la terre

« L'impraticable paix de l'abbé de Saint-Pierre. »

[1] Si le marquis d'Argenson, disciple de l'abbé de Saint-Pierre, ne va pas jusqu'à un projet de *congrès* ou de *paix perpétuelle,* il cherche à arranger des « plans pour l'*émancipation de l'Italie par la Sardaigne,* à l'encontre de l'Autriche, » et à la fin de son organisation il s'écrie : « Cet équilibre une fois assuré en Italie, quel avantage pour la paix perpétuelle ! » (A. Feillet, *Revue nationale,* janv. 1864.)

Cependant, d'autres signes du temps laissent voir que, malgré les railleries, l'idée cheminait dans les esprits.

L'Espion chinois, publié par Goudar en 1765 (Cologne, 6 vol. in-12), contient (t. V, p. 52) un exposé critique des projets de paix perpétuelle qui avaient cours alors, ce qui prouve qu'on s'en entretenait toujours.

En mars 1766, un anonyme avait chargé l'Académie française de décerner un prix à celui qui aurait le mieux réussi à plaider contre la guerre et à « inviter toutes les nations à se réunir pour assurer la tranquillité générale. » L'année suivante elle couronnait le discours de La Harpe et celui d'un estimable écrivain qui a voué sa plume à la cause de la paix, Gaillard, l'historien des *Rivalités de la France avec l'Angleterre et avec l'Espagne.*

Dans son *Tableau politique et littéraire de l'Europe en* 1775 (Paris, 1777, in-12), Mayer insiste sur la nécessité d'en venir à l'idée d'une paix solidement organisée, et il produit un plan de Congrès européen, peu différent d'ailleurs de celui de l'abbé de Saint-Pierre.

Ainsi que l'arc-en-ciel après la tempête, un ouvrage intitulé *Antipolemos* vit le jour en 1794, et le grand philosophe Kant, chaud partisan et admirateur de la Révolution française dans laquelle il voyait l'avénement de la liberté et du droit, fit paraître en 1795 un *Projet philosophique de paix perpétuelle*, qui est un véritable chef-d'œuvre de raison. Tout en reconnaissant, dans des cas étroitement limités, le droit de la guerre, il pose comme l'idéal que doivent poursuivre tous les États, la notion d'une paix universelle et perpétuelle.[1]

C'est qu'en effet les hommes de foi robuste espèrent contre espérance.

En 1802 paraît un ouvrage intitulé : *la Paix, système cosmopolite, ou Projet d'une confédération universelle et perpétuelle entre tous les hommes*, par A. P. Agricola Batain, ex-secrétaire de l'administration de l'Opéra. (Cosmopolis (Paris), an XII, in-8°.)

En 1808, sous l'Empire même, un traité *Du droit public et des gens*, par J. B. Gondon, est suivi d'un nouveau *Projet de paix perpétuelle* (Paris, 3 vol. in-8), et en cette même année, un commis-marchand de Lyon (Charles Fourier, l'inventeur du Phalanstère) proclame

---

[1] Voir la remarquable analyse qu'en donne M. Ed. Goumy, dans son *Étude sur l'abbé de Saint-Pierre*, p. 89-92. Nous la reproduisons ci-après, p. 29.

l'avénement de « l'humanité universelle, » premier germe du fouriérisme, c'est-à-dire l'harmonie pacifique en la personne de Napoléon, le « le nouvel Hercule. »

Saint-Simon, de son côté, avait dès 1802 annoncé l'abolition de la guerre, et en 1814 paraissait sa brochure : *Réorganisation de la société européenne, ou De la nécessité et des moyens de rassembler les peuples de l'Europe en un seul corps politique, en conservant à chacun sa nationalité*, par H. SAINT-SIMON et AUGUSTIN THIERRY, *son élève*. Cet élève de l'apôtre, c'était le futur historien.

Une autre brochure (sans titre et anonyme) fait preuve qu'en avril 1813, à Francfort, au commencement du congrès, un *Plan* du même genre avait été suggéré par son auteur anonyme, et soumis ensuite au ministre-abbé de la Restauration, M. de Montesquiou [1].

De la fin des guerres de l'Empire date pour cette idée, déjà vieille, une ère nouvelle, née du principe d'association. Une brochure publiée en 1814 (par le docteur Worcester), *Solemn review of the war*, donna occasion de fonder aux États-Unis, en août 1815, une première société de propagande (*Société des amis de New-York*), suivie en septembre de celles de l'Ohio et du Massachussets. La Société anglaise (pour l'établissement de la paix permanente et universelle) se fonda à Londres le 14 juillet 1816, et la Société de la Morale chrétienne fut créée à Paris en 1821, se proposant, entre autres buts, de répandre l'idée de la paix. On en organisa une semblable à Genève en 1830. Enfin, en juillet 1843, les Sociétés de la Paix des deux mondes tinrent à Londres, par délégués, un premier grand meeting, pour donner au mouvement plus d'unité et d'extension. Il en sortit une adresse aux gouvernements civilisés, qui fut bien accueillie du roi Louis-Philippe et du président des États-Unis à qui elle fut présentée. Un second meeting plus général encore, et qui prit le nom de *Congrès*, eut lieu à Bruxelles, en septembre 1848, et rédigea une adresse à lord John Russell, qui la reçut en y applaudissant. Le 12 juin 1849, un de ses membres les plus distingués, M. Cobden, présenta à la Chambre des communes une motion tendant à introduire le principe de l'arbitrage dans tous les traités à conclure entre l'Angleterre et les autres pays, et cette motion obtint une minorité de 79 voix sur 288.

[1] Il faut mentionner aussi un plan de traité avec l'Autriche soumis à l'Empereur vers la fin de 1805 par Talleyrand, et d'après lequel l'Europe se trouvait remaniée et « la paix du continent assurée pour plus d'un siècle. » (Mignet, *Portraits et Notices*.)

Six semaines plus tard (22-24 août 1849), se réunissait à Paris, un nouveau Congrès de la Paix, qui a marqué par un certain éclat et a contribué plus qu'aucune démarche antérieure à rendre le public attentif à cette propagande humanitaire. Beaucoup d'hommes politiques, répondant à l'appel, manifestèrent leur adhésion d'une manière fort explicite. Le système des armées permanentes fut combattu avec énergie par M. Émile de Girardin et M. Cobden, etc. Il y eut comme une émulation de fraternité dans cette assemblée composée des éléments les plus hétérogènes, et l'on y vit quelque chose qui rappelait de loin la célèbre nuit du 4 août ou le non moins célèbre baiser Lamourette. Un accueil très-sympathique fut fait aux membres du Congrès par le ministre des affaires étrangères, M. de Tocqueville, et une députation porta les résolutions adoptées au Président de la République, qui s'entretint avec elle des conditions et des possibilités d'un désarmement simultané chez les principales nations, des avantages nombreux qui en résulteraient pour les finances, l'industrie, le bien-être, la moralité et la tranquillité des populations, et déclara qu'il appelait de tous ses vœux le moment où il serait possible de réduire l'effectif si lourd des armées, mais que selon lui ce moment n'était pas encore venu.

Indépendamment des nombreux meetings qui eurent lieu successivement en Angleterre, mentionnons encore ici les deux autres congrès tenus à Francfort en 1850, et à Londres en 1851.

Là s'arrêterait cette revue rétrospective et nous n'aurions plus qu'à constater l'éclatant démenti qu'ont semblé donner, à toutes ces solennelles protestations des pacifiques des deux mondes, les grands événements de guerre accomplis en Europe et en Amérique[1] depuis la restauration en France de cet Empire qui s'est défini lui-même en disant « qu'il était la paix. » Mais il importe de rappeler ici, d'une part, qu'un des membres du Congrès de la Paix de 1851, M. Brown, un ancien esclave échappé des États-Unis, y avait prononcé cette parole prophétique : « qu'il est impossible de maintenir l'esclavage sans maintenir la guerre, » et d'autre part, que le président de ce même Congrès, M. Victor Hugo, tout en parlant pour la paix, pour

---

[1] « Caractères nouveaux de la société contemporaine : progrès des idées de paix, malgré ler guerres récentes, par la fréquence des relations et la solidarité des intérêts entre les peuples. » (*Programme du nouveau cours d'histoire contemporaine pour la classe de philosophie*, par le ministre de l'instruction publique, M. V. Duruy, 23 septembre 1863.)

une paix définitive et universelle à établir, mettait, quant à lui, à cet établissement une condition préalable, celle de la reconnaissance des nationalités obtenue avant tout, soit par un accord amiable, soit à main armée [1]. C'était là à ses yeux une « dernière guerre » indispensable et comme providentielle. Il fallait que les peuples fussent chacun chez soi avant de pouvoir être chacun pour tous. La guerre contre la Russie, la sanglante insurrection de l'Inde anglaise, l'affranchissement de l'Italie, la lutte sourde de la Hongrie, la lutte ouverte de la Pologne, la conflagration des États-Unis, tous ces faits, dont nous avons été ou dont nous sommes témoins, ne sont donc pas, à un certain point de vue, si inconsistants qu'ils en ont l'air avec les doctrines professées par certains partisans de la paix. Il y avait des nuances entre elles, et l'on eût pu s'entendre — même avec M. Proudhon, qui disait « que la paix n'existera que quand il n'y aura plus ni opprimés ni exploités. » (Lettre au *Temps*, 4 septembre 1849.) Ajoutons qu'à ce même Congrès l'abbé de Guerry déclara, aux applaudissements de l'assistance, désapprouver « les restaurations par intervention étrangère » (occupation de Rome), parce qu'il y voyait un germe de dissension et de guerre futures. Enfin n'omettons pas de dire qu'à chacune des entrées en campagne, depuis 1853, la Société de la Paix a fait entendre, sans découragement, sa voix de justice et de conciliation.

Ce n'est pas tout. Un incident capital et bien inattendu, un *deus ex machina*, se produisant tout à coup en 1863, est venu confondre les Nestors de la diplomatie classique et faire monter les Amis de la paix au Capitole. Il semblait arrivé à l'improviste, ce « jour de gloire » que leur a prédit en 1851 l'abbé de Guerry, où « ils verraient bientôt leur idée assise SUR UN TRONE RESPLENDISSANT [2]. » Une diète européenne, un véritable Congrès de la Paix a été proposé inopinément, non plus par un philosophe, mais bien par un souverain à des souverains. Le chef de l'État le plus puissant par son organisation militaire, celui « à qui l'on prêtait le plus de projets ambitieux [3], » a convié les autres chefs d'État à fonder la paix, à remettre la décision

---

[1] Il est vrai de dire que cette opinion était personnelle à celui qui l'exprimait et qu'on ne saurait en rendre solidaire tous les amis de la paix.

[2] Congrès des Amis de la Paix universelle, réuni à Paris en 1849, *Compte-rendu*, etc., publié par M. Joseph Garnier. Paris, 1850, p. 38. (Séance du 24 août 1849.)

[3] Discours de l'empereur Napoléon III, du 5 novembre 1863.

des questions pendantes à un arbitrage suprême, à rétablir l'ordre sur des bases solides, sur celles d'un système politique nouveau et d'une confiance mutuelle, à ne plus s'épuiser dans une vaine ostentation de leurs forces respectives, à ne plus empêcher les progrès de la civilisation par des rivalités jalouses et des armements exagérés. Les rêves des Sully et des Saint-Pierre, les vues de plus en plus pratiques de leurs modernes adeptes, furent-ils jamais plus près de se réaliser?

Qu'en résultera-t-il ? Le grand problème va-t-il être résolu enfin ? L'utopie séculaire des philanthropes et des optimistes passera-t-elle dans le domaine des faits ? La bonne harmonie s'établira-t-elle une bonne fois *a priori*, ou bien aura-t-on toujours à craindre en pareil cas les effets du célèbre axiome ainsi renversé : *Si vis bellum, para pacem?* En un mot, est-ce la « bonne volonté envers les hommes, » ou le canon rayé qui prévaudra ? Est-ce la philosophie, ou la musique..... de ce même canon rayé, qui amènera décidément, par un concert européen, la paix universelle ?

Toujours est-il que ce beau « rêve des gens de bien » n'a pas été seulement caressé par des idéologues et moqué par des esprits forts. Il a eu l'insigne honneur de n'être pas repoussé, d'être goûté même (on l'oublie trop souvent) par un illustre philosophe qui a été en même temps un grand esprit pratique et une grande lumière politique, par celui-là même qui avait rêvé en 1672 le *Consilium Ægyptiacum*, repris plus d'un siècle plus tard et presque mené à bout par le jeune général Bonaparte [1], et qui, dans un mémoire rédigé pour l'électeur de Mayence, avait, dès cette même époque, prédit les desseins les plus secrets de Louis XIV [2]. Leibnitz, le grand Leibnitz, « cultivait avec prédilection l'idée d'une paix universelle, au moyen d'une confédération d'États, reconnaissant pour chef temporel l'empereur (d'Allemagne), et pour chef spirituel le pape : idée, du reste, dont il comprenait parfaitement les difficultés [3]. » Dans une note de 1712 sur le projet de l'abbé de Saint-Pierre, il fait connaître un pro-

[1] Napoléon n'a connu qu'en 1803 cet écrit de Leibnitz, qui était un plan de conquête de l'Égypte par la France.

[2] Manuscrit inédit de 1670, conservé à Hanovre, que M. Mignet a mentionné, non sans admiration, en rendant compte à l'Académie des sciences morales et politiques du projet d'expédition d'Égypte proposé par Leibnitz à Louis XIV en 1672, que M. Foucher de Careil vient de publier pour la première fois *in extenso*.

[3] Wilm, *Dictionnaire des sciences philosophiques*, t. III, p. 533.

jet analogue du landgrave Ernest de Hesse-Rhinfels, et montre qu'il avait lui-même bien étudié l'historique de la question : « Je suis persuadé, dit-il, qu'un tel projet en gros est faisable, et que son exécution serait une des plus utiles choses du monde [1], » et il loue celui qui avait « osé s'opposer à la foule des prévenus et au déchaînement des railleurs. » Il est vrai que dans une lettre à Grimarest, datée de Hanovre, 4 juin 1712, il dit aussi : « Je me souviens de la devise d'un cimetière, avec ce mot : *Pax perpetua* ; car les morts ne se battent point, mais les vivants sont d'une autre humeur; et les puissants ne respectent guère les tribunaux [2]..... »

[1] *Leibnitii opera,* 1768, in-4, t. V, p. 56.
[2] *Ibid.,* p. 65.

DÉVELOPPEMENTS ET CONCLUSION.

LEIBNITZ

Voici les lettres et observations dans lesquelles se trouve exprimée l'opinion de Leibnitz :

I. Lettre de Leibnitz à Grimarest (1712).

Je vous répète ma prière de laisser là l'Excellence quand vous me faites l'honneur de m'écrire.... J'ai vu quelque chose du *Projet* de M. de Saint-Pierre pour maintenir une paix perpétuelle en Europe. Je me souviens de la devise d'un cimetière, avec ce mot : *Pax perpetua;* car les morts ne se battent point ; mais les vivants sont d'une autre humeur ; et les plus puissants ne respectent guère les tribunaux. Il faudrait que tous ces messieurs donnassent caution bourgeoise, ou déposassent dans la banque du tribunal, un roi de France, par exemple, 100 mille écus, et un roi de la Grande-Bretagne à proportion, afin que les sentences du tribunal pussent être exécutées sur leur argent, en cas qu'ils fussent réfractaires. Je ne sais si M. l'abbé de Saint-Pierre aura un livre intitulé : *Nouveau Cynéas,* publié il y a plus de trente ans, dont l'auteur, qui ne se nomme point, donne aux princes le conseil que Cynéas donna à Pyrrhus, de préférer leur repos et commodité à leur ambition, et propose en même temps un tel tribunal commun. Je me souviens qu'un prince savant d'autrefois, de ma connaissance, fit un discours approchant, et voulut que Lucerne, en Suisse, fût le siége du tribunal. Pour moi, je serais d'avis de l'établir à Rome même, et d'en faire le Pape président, comme en effet il faisait autrefois figure de juge entre les princes chrétiens. Mais il faudrait en même temps que les ecclésiastiques reprissent leur ancienne autorité, et qu'un interdit et une excommunication fît trembler des rois et des royaumes comme du temps de Nicolas Ier ou de Grégoire VII. Et pour y faire consentir les protestants, il faudrait prier Sa Sainteté de rétablir la forme de l'Église telle qu'elle fut du temps de Charlemagne, lorsqu'il tenoit le concile de Francfort, et de renoncer à tous conciles tenus depuis, qui ne sauroient passer pour œcuméniques. Il faudrait aussi que les Papes ressemblassent aux premiers évêques de Rome... Voilà des projets qui réussiront aussi aisément que celui de M. l'abbé de Saint-Pierre ; mais puisqu'il est permis de faire des romans, pourquoi trouverions-nous sa fiction mauvaise, qui nous ramèneroit le siècle d'or ?...

Hanover, le 4 de Juin 1712.

II. Lettre de Leibnitz à l'abbé de Saint-Pierre (1715).

Monsieur,

Je m'estime fort honoré de la communication de votre *Projet* et de la demande que vous me faites de mon sentiment sur une matière qui intéresse tout le genre humain, et qui n'est pas tout à fait hors de mes objets, puisque je me suis appliqué, dès ma jeunesse, au *Droit*, et particulièrement à celui *des Gens*. Le paquet de M. Varignon est venu à Hanover longtemps avant que j'aie été de retour chez moi, et après mon retour j'ai été fort occupé. Mais j'ai fait enfin quelque effort pour me tirer à l'écart, et pour lire votre excellent ouvrage avec soin. J'y ai trouvé le solide et l'agréable ; et après avoir compris votre système, j'ai pris un plaisir particulier à la variété des objections et à votre manière nette et ronde d'y répondre. Il n'y a que la volonté qui manque aux hommes pour se délivrer d'une infinité de maux. Si cinq ou six personnes voulaient, elles pourraient faire cesser le grand schisme d'Occident et mettre l'Église dans un bon ordre. Un souverain qui le veut bien peut préserver ses États de la peste ; la maison de Brunswich n'y a pas mal réussi, grâces à Dieu ; la peste s'est arrêtée de mon temps à ses frontières. Un souverain pourrait encore garantir ses États de la famine. Mais pour faire cesser les guerres, il faudrait qu'un autre Henri IV, avec quelques grands princes de son temps, goûtât votre *Projet.* Le mal est qu'il est difficile de le faire entendre aux grands princes. Un particulier n'ose s'y émanciper ; et j'ai même peur que de petits souverains n'osassent le proposer aux grands. Un ministre le pourroit peut-être faire à l'article de la mort, surtout si des intérêts de famille ne l'obligeoient pas de continuer sa politique jusqu'au tombeau et au delà. Cependant il est toujours bon d'en informer le public ; quelqu'un en pourra être touché quand on y pensera le moins.

Semper tibi pendeat hamus,
Quo minimè reris gurgite piscis erit. (Ovid.)

Il n'y a point de ministre qui voudroit proposer à l'empereur de renoncer à la succession d'Espagne et des Indes. Les puissances maritimes et tant d'autres y ont perdu leur latin. Il y a le plus souvent des fatalités qui empêchent les hommes d'être heureux. L'espérance de faire passer la monarchie d'Espagne dans la maison de France a été la source de cinquante ans de guerre, et il est à craindre que l'espérance de l'en faire ressortir ne trouble l'Europe encore pendant cinquante autres années. Aider l'empereur à chasser les Turcs de l'Europe seroit peut-être le moyen de venir à bout de ce mal. Mais un tel dessein auroit encore de grandes difficultés.

Comme vous préparez, Monsieur, une troisième édition plus ample, il seroit peut-être bon que votre ouvrage fût encore plus embelli par les exemples et par l'histoire. Les raisons n'en deviennent point meilleures, mais cet agrément leur donne de l'*ingrès*[1]. C'était la mode du temps de M. Lamothe le Vayer. Aujourd'hui les écrivains françois, sous prétexte de s'éloigner du pédantisme, se désaccou-

---

[1] Ancien mot, aujourd'hui inusité, qui signifie *entrée* ou *accès*.

tument un peu trop de faire entrer des traits d'érudition dans leurs ouvrages ; il n'en sont pas moins nerveux, mais ils en sont plus secs. Un certain milieu siéroit bien dans un ouvrage comme le vôtre. Mais si cela vous arrêtoit trop, il ne faudroit point s'y amuser. Mes remarques cependant y peuvent donner quelque occasion. Je vous souhaite, Monsieur, autant de vie qu'il en faut pour goûter les fruits de vos travaux, et je suis avec zèle,

Monsieur,

Votre, etc.

Hanover, le 7 Février 1715.

III. Observations sur le projet de paix perpétuelle de M. l'abbé de Saint-Pierre.

Le projet de Paix perpétuelle pour l'Europe, que M. l'abbé de Saint-Pierre m'a fait l'honneur de m'envoyer, ne m'a été rendu que bien tard, à cause d'une longue absence, et puis la multitude des occupations m'a empêché de le lire plus tôt. Enfin je l'ai lu avec attention, et je suis persuadé qu'un tel projet en gros est faisable, et que son exécution seroit une des plus utiles choses du monde. Quoique mon suffrage ne soit d'aucun poids, j'ai pourtant cru que la reconnaissance m'obligeoit de ne le point dissimuler, et d'y joindre quelques remarques pour le contentement d'un auteur de ce mérite, qui doit avoir beaucoup de réputation et de fermeté, pour avoir osé et pu s'opposer avec succès à la foule des prévenus et au déchaînement des railleurs.

Étant fort jeune, j'ai eu connaissance d'un livre intitulé : *Nouveau Cynéas*, dont l'auteur inconnu conseilloit aux souverains de gouverner leurs États en paix, et de faire juger leurs différends par un tribunal établi ; mais je ne saurois plus trouver ce livre, et je ne me souviens plus d'aucunes particularités. L'on sait que Cynéas étoit un confident du roi Pyrrhus, qui lui conseilla de se reposer d'abord, puisqu'aussi bien c'était son but, comme il le confessoit, quand il auroit vaincu la Sicile, la Calabre, Rome et Carthage.

Feu M. le landgrave Esnest de Hesse-Rhinfels, qui avoit commandé des armées avec réputation dans la grande guerre d'Allemagne, s'appliqua aux controverses de religion et aux belles connaissances après la paix de Westphalie. Il quitta ensuite les protestans, fit tenir un colloque entre le père Valeriano Magni, capucin, et le docteur Habercorn, célèbre théologien de la confession d'Augsbourg, et s'avisa, dans son loisir, qu'il distinguoit par des voyages faits incognito, de faire plusieurs ouvrages en allemand, en français et en italien, qu'il faisoit imprimer et donnoit à ses amis. Le plus considérable étoit en langue allemande, intitulé : *Le Catholique discret*, où il raisonnait librement, et souvent très-judicieusement, sur les controverses théologiques. Mais comme ce livre contenait des endroits délicats, il le communiquoit à très-peu de personnes, et il en fit un abrégé qui parut dans les boutiques des libraires. Il y avoit dans cet ouvrage un projet approchant de celui de M. l'abbé de Saint-Pierre ; mais il n'est pas dans l'abrégé.

Le tribunal de la société des souverains devoit être établi à Lucerne. Quoique je n'eus l'honneur d'être connu de ce prince que peu de temps avant sa mort, il me fit part de ses vieilles pensées, et il me confia un exemplaire de cet ouvrage qui est assez rare.

Mais j'avoue que l'autorité de Henri IV vaut mieux que toutes les autres. Et quoiqu'on le puisse soupçonner d'avoir eu plus en vue de renverser la maison d'Autriche, que d'établir la société des souverains, on voit toujours qu'il a cru ce projet recevable ; et il est constant que si les puissants souverains le proposoient, les autres le recevroient volontiers. Mais je ne sais si les moindres oseroient le proposer aux grands princes.

Il y a eu des temps où les papes avaient formé à demi quelque chose d'approchant par l'autorité de la religion et de l'Eglise universelle.... (Suit une assez longue dissertation, dans laquelle Leibnitz s'expliquait sur la grandeur et la décadence de la papauté, et « intercédait pour l'empire, » ainsi qu'il le dit dans la lettre suivante à Conrad Widou.)

IV. Lettre de Leibnitz à Conrad Widou, sénateur de la république de Hambourg (1716).

M. l'abbé de Saint-Pierre, parent de M. le maréchal de Villars, m'a envoyé la continuation de son *Projet* d'établir une paix perpétuelle en Europe, par le moyen d'une société de souverains, qui formeront entre eux un tribunal et garantiront ses sentences ou arrêts. Il l'a dédié au régent du royaume de France. Il veut que j'en parle ici à M. Stanhope et à M. l'abbé Dubois. Mais M. Dubois a déjà quitté Hanover, et M. Stanhope est auprès du roi. J'ai répondu qu'il serait bon qu'il sondât le régent là-dessus. Cependant j'ai fait mes remarques que je lui ai envoyées. J'ai intercédé pour l'empire, qu'il semble vouloir anéantir et dissiper par son Projet, qui est un renouvellement de celui de Henri IV, expliqué par M. de Sully et par M. de Péréfixe. Et comme M. l'abbé veut que tous les princes se contentent de ce qu'ils possèdent maintenant sans contestation, je » lui ai objecté « qu'il faudra donc anéantir *omnia pacta confrater-* » *nitatis aut successoria*, et toutes les ouvertures ou échéances féo- » dales, etc. ; et même les successions qui viendraient à d'autres » maisons par les femmes. » Madame, dont M. l'abbé a été aumônier, me faisant la grâce de m'envoyer ce Projet, ne paroît pas être trop persuadée de sa réussite. Quelques raisons que M. l'abbé de Saint-Pierre apporte, les plus grandes puissances, l'empereur, le roi de la Grande-Bretagne, la France, l'Espagne ne seront pas fort disposées à se soumettre à un espèce d'empire nouveau. Si M. l'abbé de Saint-Pierre les pouvoit rendre tous Romains et leur faire croire à l'infaillibilité du Pape, on n'auroit point besoin d'autre empire que de celui de ce vicaire de Jésus-Christ. Je voudrois bien que vous apprissiez, Monsieur, mais de vous-même, ce que M. Poussin dit du Projet de M. l'abbé de Saint-Pierre, et ce que d'autres en disent en France.

Hanover, ce 30 d'Octobre 1716.

KANT. — CONCLUSION.

L'auteur d'une excellente *Étude sur la vie et les écrits de l'abbé de Saint-Pierre* [1], M. Édouard Goumy, se montre plus sensible à ce qu'il y a de critique, qu'à ce qu'il y a de favorable dans les réponses de Leibnitz, notamment dans la lettre du 7 février 1715, qu'il déclare d'ailleurs « parfaitement juste et sensée. » Il a raison, au point de vue du projet de paix perpétuelle, tel que le présentait l'abbé de Saint-Pierre, projet dont il fait très-bien voir les singulières méprises, les côtés faibles et tout à fait inacceptables. Leibnitz, en déclarant que la paix perpétuelle serait possible si les hommes le voulaient, n'a pu se faire illusion sur la difficulté de les amener à vouloir, et sur ce qu'avait d'inapplicable un projet dont la base était le *statu quo*, la possession actuelle, c'est-à-dire une base irrationnelle et très-mauvaise, un projet adressé à des princes qui devaient y voir une restriction à leur pouvoir souverain, une injure faite à leur droit divin, et qui ne pouvaient supporter

[1] Paris, Hachette, 1859, in-8°.

« sans indignation, comme dit Rousseau, la seule idée de se voir forcés d'être justes. » On sent que l'opinion de Leibnitz sur le projet est celle-ci : il est impossible, non parce que la chose est impossible en soi, mais parce qu'il est mal conçu et impraticable. Leibnitz est de l'avis de cet homme fort sage, « cité par M. Goumy, qui disait au bon abbé de Saint-Pierre que son projet pourroit être applicable dans un siècle ou deux, » ne pensant d'ailleurs pas qu'il fût chimérique[1].

Et en effet, M. Goumy le dit lui-même avec beaucoup de raison et de force : « S'il est constant que la guerre est un fait humain, ayant sa cause dans notre nature, s'il est en même temps reconnu que cette nature est perfectible, que nos préjugés peuvent faire place à des opinions saines, que notre brutalité peut être domptée et nos bons instincts mieux dirigés, *pourquoi serait-ce une chimère d'espérer que la guerre finira? Scilicet et tempus veniet!...* L'abbé de Saint-Pierre a cru cet immense progrès possible tout de suite; là est son erreur. »

La réalisation de son projet n'eût été d'ailleurs rien moins que désirable. Qu'en serait-il résulté? « Une ligue des souverains contre leurs peuples, une sorte de sainte alliance un siècle plus tôt, voilà ce qui pouvait raisonnablement en sortir. Est-ce bien là ce que voulait l'abbé? »

Mais non, conclut M. Goumy, en s'appuyant sur l'admirable *Essai philosophique* de Kant, « la paix perpétuelle n'est pas une

---

[1] De même on lit dans une note jointe au pamphlet de Voltaire sur la Paix perpétuelle (1769) et qui paraît être des éditeurs de Kehl : « Ce projet est absurde, non en lui-même, mais de la manière qu'il a été proposé. »

chimère, et il n'est pas besoin, pour qu'elle soit possible, que tous les hommes soient des philosophes : il suffit qu'ils entendent leurs vrais intérêts, ce qui est beaucoup plus facile, car nous voyons ce progrès s'accomplir tous les jours. Comment ne pas signaler la confirmation manifeste que les événements, depuis 1815, n'ont cessé de donner aux paroles de Kant[1] ? Les

[1] Voici l'analyse succinte de l'*Essai philosophique* de Kant, telle que la présente M. Goumy :

« Du haut du tribunal suprême du pouvoir législatif, la raison condamne sans exception la guerre comme voie de droit. Elle fait un devoir absolu de l'idée de paix.

» Or, on peut prouver que l'idée d'une fédération qui s'étendrait insensiblement à tous les États, et qui les conduirait ainsi à une paix perpétuelle, peut être réalisée.

» Pour cela, que faut-il ? D'abord la connaissance de certains principes qui sont les articles préliminaires de la paix perpétuelle :

1° Ne sera admis aucun traité de paix où l'on se réserverait tacitement la matière d'une nouvelle guerre. « Un pareil traité ne serait qu'une simple trève, une supen-» sion, et non une cessation entière des hostilités. »

2° Tout État, grand ou petit, ne pourra jamais être acquis par un autre État, d'aucune manière. « Un État n'est pas un patrimoine, comme le sol où il se trouve. » C'est une société d'hommes qui seule peut se commander et disposer d'elle-même. » Il a ses propres racines en lui-même : l'incorporer à un autre État, comme une » simple greffe, c'est le réduire, de personne morale qu'il était, à l'état d'une » chose. »

3° Les troupes réglées seront abolies avec le temps. « Étant toujours prêtes à » agir, elles menacent sans cesse les autres États et les excitent à augmenter à » l'infini le nombre des hommes armés. D'ailleurs, être pris à la solde pour tuer ou » pour être tué, c'est servir d'instrument ou de machine dans la main d'autrui. » On ne voit pas trop bien comment un tel usage que l'État fait des hommes est » compatible avec les droits que la nature leur donne sur leur propre personne. »

4° Il ne sera point contracté de dettes nationales pour soutenir les intérêts de l'État au dehors.

5° Aucun État ne s'ingérera de force dans la constitution ni dans le gouvernement d'un autre État.

Ces principes reconnus et traduits en faits, la paix perpétuelle sera possible à deux conditions principales :

1° Le pouvoir exécutif dans chaque État sera séparé du pouvoir législatif, ou, en d'autres termes, le gouvernement sera représentatif, cette forme de gouvernement étant la seule compatible avec la liberté qui convient à tous les membres d'une société, en qualité d'hommes, avec la soumission de tous à la loi. Il s'ensuit que chaque citoyen sera appelé à trancher par son vote les questions de paix ou de

causes de guerre n'ont certes pas manqué, et cependant les nations sont presque toujours parvenues à terminer pacifiquement leurs différends. La diète européenne de l'abbé de Saint-Pierre existe en fait, sinon en droit, dans ces conférences et congrès qui siégent presque en permanence, véritables congrès de la paix. Une fois, une seule, depuis Waterloo, la guerre a dù éclater, par le fait d'une volonté souveraine, entre les trois plus grandes puissances du monde : elle a été circonscrite

guerre. « Or, décréter la guerre, n'est-ce pas pour les citoyens décréter contre » eux-mêmes toutes les calamités de la guerre, savoir : de combattre en personne ; » de fournir de leurs propres moyens aux frais de la guerre ; de réparer pénible- » ment les dévastations qu'elle cause ; et, pour comble de maux, de se charger » enfin de tout le poids d'une dette nationale, qui rendra la paix amère et ne » pourra jamais être acquittée, puisqu'il y aura toujours de nouvelles guerres. » Certes, l'on se gardera bien de précipiter une entreprise aussi hasardeuse. » Au lieu que dans une constitution où les sujets ne sont pas citoyens de l'État, » une déclaration de guerre est la chose la plus aisée à décider, puisqu'elle ne » coûte pas au chef, propriétaire et non pas membre de l'État, le moindre sacrifice » de ses plaisirs, à table, à la chasse, à la campagne, à la cour, etc. Il peut donc » résoudre une guerre comme une partie de plaisir, pour les raisons les plus fri- » voles, et en abandonner avec indifférence la justification qu'exige la bienséance » à des diplomates qui seront toujours prêts à la faire. »

2° L'esprit de commerce s'emparera peu à peu et tôt ou tard de chaque nation et s'opposera à la guerre. « La puissance pécuniaire étant, de toutes celles du » second ordre, la plus sûre, les États se verront obligés de travailler au noble » ouvrage de la paix, quoique sans aucune vue morale ; et, quelque part que la » guerre éclate, de chercher à l'instant même à l'étouffer par des médiations, » comme s'ils avaient contracté, à cet effet, une alliance perpétuelle, les grandes » associations pour la guerre étant naturellement rares et moins souvent encore » heureuses. C'est ainsi que la nature garantira, par le moyen même des penchants » humains, la paix perpétuelle ; et quoique l'assurance qu'elle nous en donne ne » suffise pas pour la prophétiser théoriquement, elle nous empêche du moins de la » regarder comme un but chimérique, et nous fait par là même un devoir d'y » concourir. »

Voilà bien, comme le dit M. Goumy, la vérité, simple, sans phrases et dans toute sa force ; et le dernier passage est tout à fait prophétique, nous montrant les États « qui se » verront obligés de travailler au noble ouvrage de la paix, quoique sans aucune vue » morale. »

dans un champ clos, à l'extrémité de l'Europe, a duré, en réalité, un an, et s'est terminée par une paix faite en un mois. N'en serait-ce point assez pour donner le droit de dire que le temps de la grande guerre est passé ou bien près de l'être?

Invisum numen terras cœlumque levavit!

« Or, qui a déterminé ce grand changement? Précisément les deux faits que signale Kant comme les conditions fondamentales de la paix perpétuelle, *le progrès des peuples vers une intervention toujours plus grande dans leurs affaires,* qu'ils comprennent chaque jour davantage et qu'ils n'aiment pas à voir mal faites, et *le développement de la solidarité des intérêts commerciaux,* grâce auquel chaque peuple civilisé commence à comprendre que le mal d'autrui est aussi le sien propre. Ce sont les progrès de la *liberté* ou de l'*opinion,* comme on voudra l'appeler, et de cette science qui n'en était encore qu'à ses premiers bégaiements au temps de l'abbé de Saint-Pierre, et qui a tant grandi depuis : l'*économie politique.* Voilà les deux grands ennemis de la guerre. Ils ne l'ont pas tuée, soit; mais ils la tueront. »

« L'honorable M. Thiers a fait l'autre jour deux observations que je tiens à relever et à constater : la première, c'est que le maintien de la paix en Europe dépend de la France, la seconde, c'est que, dans l'état actuel de nos forces militaires de terre et de mer, nous sommes sur le pied de paix.

» Il est bon que la France, que l'Europe sachent qu'aux yeux mêmes de l'honorable M. Thiers, qui ne sera pas assurément suspect de vouloir flatter le gouvernement de l'Empereur, nous n'avons aucun préparatif militaire, notre armée avec son effectif de 400,000 hommes et de 85,000 chevaux, n'a pas cessé de rester sur le pied de paix ; et que, quand, au contraire, toutes les grandes puissances de l'Europe sont à l'état de paix armée, nous seuls dans le monde, nous sommes, par notre attitude autant que par nos institutions, les représentants les plus énergiques du maintien de la paix. »

> M. VUITRY, vice-président du Conseil d'État, dans la discussion du budget au Corps législatif, 9 mai 1864. (*Moniteur du* 10 *mai.*)

SAINT-DENIS. — TYPOGRAPHIE DE A. MOULIN.

www.ingramcontent.com/pod-product-compliance
Lightning Source LLC
Chambersburg PA
CBHW060852180626

46818CB00004B/1664